U0100976

传家被

传家被

〔美〕派翠西亚·波拉蔻/著·绘　　周 英/译

GUANGXI NORMAL UNIVERSITY PRESS
广西师范大学出版社
·桂林·

　　我的外曾祖母安娜刚到美国时，还穿着干农活儿才穿的厚大衣和大靴子。不过她和家人已经不是农民了。在纽约，安娜的父亲用马车帮别人运货，其他人从早到晚做人造花。

　　每个人都很忙，而且住得也很拥挤，和在家乡俄罗斯时很不一样。可相同的是，这里也是他们的家。而且，邻居们的情况也大多和他们一样。

安娜刚上学的时候，觉得英语听起来就像石子掉进水洼里，"咻——咻——咻——"不过，她只花了六个月就学会了。爸爸妈妈几乎没学过英语，所以安娜就成了他们的代言人。

安娜从家乡只带了两样东西——连衣裙和头巾。跳舞的时候，她喜欢让头巾在空中飘舞。

安娜的连衣裙越来越小了。有一天，妈妈给她缝了一件新的，拿走了旧连衣裙和头巾。然后，妈妈又从一个装旧衣服的篮子里取出弗拉基米尔叔叔的衬衫、哈瓦拉姑姑的睡衣和娜塔莎阿姨的围裙。

"我们用这些旧衣服做一条被子，好让大家永远记得家乡。"安娜的妈妈说，"就像家乡的亲人每晚围着我们跳舞一样。"

说做就做。安娜的妈妈请所有的女邻居来帮忙。她们把碎布片剪成各种各样的动物和花朵。安娜不停地穿线，谁需要就递给谁。被子的花边，是用安娜的头巾做的。

星期五晚上，安娜的妈妈会做祷告，迎接安息日的到来。然后，一家人尽情享用白面包和鸡汤。桌布就是那条被子。

安娜长大后，和我的外曾祖父萨沙相爱了。萨沙向安娜求婚时，送给她一块亚麻手帕，里面包着一枚金币、一朵干花和一块盐。金币象征财富，花朵象征爱情，盐代表他们的生活有滋有味。

安娜接受了手帕，他们订婚了。

在华盖下，安娜和萨沙许诺，要相亲相爱、彼此体谅。婚礼之后，男女客人分开庆祝。

我的外祖母卡尔出生时，安娜用被子把她裹起来，温暖地欢迎她来到这个世界。那天，卡尔收到的礼物是黄金、花朵、盐和面包。黄金代表她会远离贫困，花朵代表她会被爱包围，盐代表她会过得有滋有味，面包代表她永远不会挨饿。

卡尔渐渐长大，学会了如何过安息日，如何做饭、打扫卫生和洗衣服。

"有一天，你也会结婚。"安娜对卡尔说。

后来——

被子再次成为婚礼上的华盖——这回是卡尔和我外祖父乔治的婚礼。婚礼之后，男女客人一起庆祝，可大家还是没有一起跳舞。

卡尔的捧花里有金币、面包和盐。

婚后，卡尔和乔治搬到了密歇根州的一座农场里，外曾祖母安娜和他们一起生活。没多久，被子又一次用来包裹一个刚出生的小姑娘——我的妈妈玛丽·埃伦。

玛丽·埃伦叫安娜"外祖母夫人"。那时，安娜已经很老了。她经常生病，幸好被子能给她的双腿保暖。

安娜 98 岁生日那天，大家给她做了一个库利奇蛋糕，里面加了很多葡萄干和蜜饯。在俄罗斯，这种蛋糕只有在复活节才能吃到。

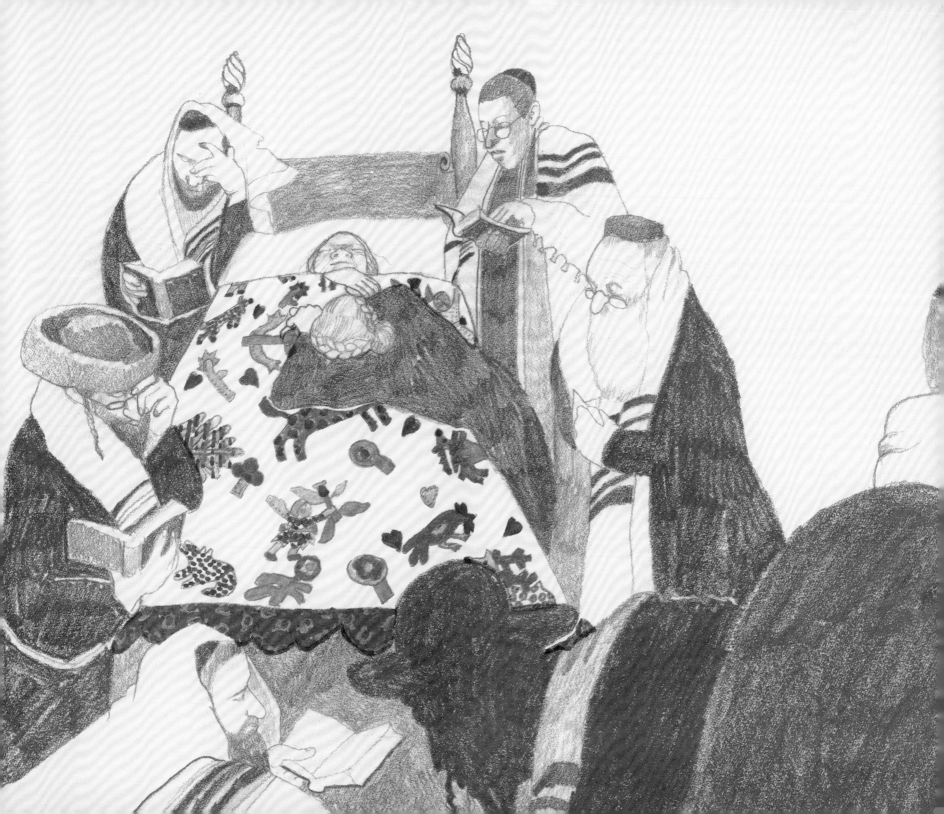

外曾祖母安娜去世的时候，大家一起为她祈祷，希望她的灵魂能升入天堂。那时，我的妈妈玛丽·埃伦已经长大了。

离开家时，玛丽·埃伦带走了那条被子。

她结婚那天，被子又一次成为婚礼上的华盖。第一次有非犹太朋友来参加婚礼。我妈妈穿了一套西装，不过，她的捧花里仍然有金币、面包和盐。

仍然是那条被子迎接我——派翠西亚——
来到这个世界。

它还是我周岁生日派对上的桌布。

每晚睡觉前，我喜欢指着被子上的轮廓用手指画出各种动物，还给妈妈讲它们的故事。妈妈总会告诉我，是谁的衣袖剪成了马，谁的围裙缝成了小鸡，谁的连衣裙裁成了花朵，谁的头巾做成了被子的花边。

有时我想象自己在斗牛场的中央，被子就是我的披风；有时我想象自己在热气腾腾的亚马孙丛林，被子又成了我的帐篷。

在我和恩佐–马里奥的婚礼上，男女客人一起跳了舞。我的捧花里当然也有金币、面包和盐，除此之外，上面还洒了一点儿红酒，表示快乐将永远与我们相伴。

20 年前，我第一次抱起特拉奇·丹尼丝，用的还是这条被子。我知道，有一天，她也会离开家，也会把这条传家被带在身边。

传家被
Chuanjiabei

出 品 人：柳　漾
项目主管：石诗瑶
策划编辑：柳　漾
责任编辑：陈诗艺
助理编辑：郭春艳
责任美编：邓　莉
责任技编：李春林

The Keeping Quilt

Text and Illustrations Copyright © 1988 by Patricia Polacco

Simplified Chinese edition copyright © 2018 by Guangxi Normal University Press Group Co., Ltd.

Published by arrangement with Paula Wiseman Books an imprint of Simon & Schuster Children's Publishing Division

1230 Avenue of the Americas, New York, NY 10020.

All rights reserved. No part of this book may be reproduced or transmitted in any form or by any means, electronic or mechanical,

including photocopying, recording or by any information storage and retrieval system without permission in writing from the Publisher.

著作权合同登记号桂图登字：20-2016-324 号

图书在版编目（CIP）数据

传家被 /（美）派翠西亚·波拉蔻著绘；周英译. —桂林：广西师范大学出版社，2018.9
（魔法象. 图画书王国）
书名原文：The Keeping Quilt
ISBN 978-7-5598-0477-8

Ⅰ．①传… Ⅱ．①派…②周… Ⅲ．①儿童故事 – 图画故事 – 美国 – 现代 Ⅳ．① I712.85

中国版本图书馆 CIP 数据核字（2017）第 271957 号

广西师范大学出版社出版发行

（广西桂林市五里店路 9 号　邮政编码：541004）
网址：http://www.bbtpress.com
出版人：张艺兵
全国新华书店经销
北京盛通印刷股份有限公司印刷
（北京经济技术开发区经海三路 18 号　邮政编码：100176）
开本：889 mm × 1 090 mm　1/16
印张：2　　插页：8　　字数：30 千字
2018 年 9 月第 1 版　2018 年 9 月第 1 次印刷
定价：39.80 元

如发现印装质量问题，影响阅读，请与出版社发行部门联系调换。